AF207079

Índice

Rourke
Educational Media

rourkeeducationalmedia.com

¿Puedes encontrar estas palabras?

barrio

bombero

constructor

panadera

Personas en el barrio

En el **barrio** hay muchas personas.

En el barrio hay un **bombero**.

Apaga incendios.

En el barrio hay una **panadera**.

Hornea pasteles.

En el barrio hay una doctora.

Ayuda a los enfermos.

En el barrio hay agentes de policía.

Nos mantienen a salvo.

En el barrio hay un **constructor**.
Repara casas.

¿Encontraste estas palabras?

En el **barrio** hay muchas personas.

En el barrio hay un **bombero**.

En el barrio hay un **constructor**.

En el barrio hay una **panadera**.

Glosario fotográfico

 **barrio:** un lugar donde la gente vive y trabaja.

 **bombero:** alguien que está entrenado para apagar incendios.

 **constructor:** una persona que construye y repara cosas, como las casas.

 **panadero:** una persona que hornea pasteles y panes.

Índice analítico

Sobre la autora

Michelle García Andersen fue maestra en su barrio durante varios años. Su lugar favorito en el barrio es la biblioteca. También pasa mucho tiempo en la tienda de comestibles de su barrio.

www.rourkeeducationalmedia.com

PHOTO CREDITS: Cover ©FilippoBacci, ©FangXiaNuo, © Wavebreakmedia, Page 2,3,14,15 ©aluxum, Page2,4-5,14,15 ©DarthArt, Page 2,6,14,15 ©kali9, Page 7 ©takepicsforfun, Page 8-9 ©Monkeybusinessimages | Dreamstime.com, Page 10-11 ©kali9, Page 2,12,14,15 ©Antonio Diaz, Page 13 ©Rawpixel

Edición: Keli Sipperley
Diseño de la tapa e interior: Kathy Walsh
Traducción: Santiago Ochoa
Edición en español: Base Tres

Library of Congress PCN Data
Personas en el barrio / Michelle García Andersen
(Mi mundo)
ISBN (hard cover - spanish)(alk. paper) 978-1-64156-924-8
ISBN (soft cover - spanish) 978-1-64156-948-4
ISBN (e-Book - spanish) 978-1-64156-972-9
ISBN (hard cover - english)(alk. paper) 978-1-64156-197-6
ISBN (soft cover - english) 978-1-64156-253-9
ISBN (e-Book - english) 978-1-64156-302-4
Library of Congress Control Number: 2018955962

Printed in the United States of America, North Mankato, Minnesota